SAINT-PAUL

La cage de l'oncle Tom

COMÉDIE-BOUFFE EN UN ACTE

Représentée pour la première fois à Paris le 16 mai 1902

3 H. 2 F

Visa du 9 mai 1902

PARIS

C. JOUBERT, Éditeur, 25, rue d'Hauteville

Anciennes Maisons BRANDUS & JOUBERT réunies

C. JOUBERT, Successeur

ÉDITEUR DE MUSIQUE

PARIS. — 25, Rue d'Hauteville, 25. — PARIS

RÉPERTOIRE
DES OUVRAGES DE CONCERT EN UN ACTE

ABRÉVIATIONS : D. Veut dire du répertoire de la Société Dramatique, 8, rue Hippolyte Lebas. — Le surplus appartient au répertoire de la Société Lyrique, 10, rue Chaptal.

LOC. Veut dire : La musique n'est qu'en location et ne se vend pas.

Opérettes et Vaudevilles

AUTEURS	TITRES DES ŒUVRES	Hommes	Femm	Prix nets
Saint-Maurice.	Abricot (L') d	troupe	»	loc.
D. Campiaiano.	Absalon.	2	1	6 »
Guillemand.	Adrien n'aime pas le Piano.	3	1	loc.
Vallès-Garnier.	Affaire Cœurdeveau (L')	5	1	loc.
St-Paul-G. Rose fils.	Agence est au-dessus (L')	3	3	loc.
F. Bernicat.	Agence Rabourdin (L')	1	1	5 D
Moreau.	Ah ! c'te Veine d	7	7	loc.
Japy.	A huitaine.	troupe	»	5 »
C. Roland.	Aiguilleur (L') d	4	1	loc.
Bessière.	A la Caserne.	6	2	loc.
Lebreton-Bouvet	A la légion étrangère d	troupe	»	loc.
L. Bouvet.	Ami Chambardel (L')	3	1	loc.
Bessière-Ruffier	Ami Vandière (L') d	7	6	loc.
Lebreton	Amour à coups de poings (L')	2	2	loc.
Lebreton-St-Paul	Amour en dentelles (L')	2	2	loc.
G. Street.	Amour en livrée (L')	3	1	L »
Desormes.	Amour et l'appétit (L')	1	1	4 »
Vallès-Garnier	Amour et sauvetage.	3	2	loc.
A. Petit.	Amoureux d'Yvonne (Les) d	5	3	5 »
V. Roger	Amour Quinze-Vingt (L')	3	1	4 »
Dottin, Boulay-Layrice	Amours d'un piston (Les)	3	2	loc.
M. Gribinski	Annonce (L')	3	3	loc.
Desormes.	Antoine et Cléopâtre d	2	1	4 »
Bessier-Moreau	Aphrodites (Les) d	4	8	loc.
Dorfeuil-Moreau	Après la vie de Bohême d	troupe	»	loc.
L. Bouvet.	A propos de bottes	2	»	loc.
J. Emmecé.	A qui le gosse ?	troupe	»	loc.
Monnéry-Marien.	Argot tel qu'on le parle (L)	5	3	loc.
M. Chautagne.	Arracheuse de dents (L')	2	1	4 »
Marc Sonal.	Arrêts de rigueur	1	1	loc.
Dourel, Roydel, Monjardin	Artistes pour rire d	6	4	loc.
Géraldy.	Ascension du Mont-Blanc (L')	1	1	4 »
L.Martin-Duhem	Auberge du Tambour battant (L')	2	2	loc.
Ondot-de Gorsse	Au Chat qui pelote d	troupe	»	loc.
Banès.	Au Coq huppé.	3	2	5 »
Uzès	Au soleil d'or d	3	2	6 »
Lebreton-Moreau	Au temps des cerises d	5	3	loc.
Guérineau.	Auteur par amour	1	2	b »
Lebreton-Moreau	Autour d'une guérite d	3	2	loc.
Henry Moreau.	Avant le bal.	1	1	3 »
L. Rivaux et G. Dubreuil.	Avarié du Mardi-Gras (L')	3	2	loc.
Solange, Garofalo, Combret	Baba Bouzouck d	5	6	loc.
Deransart.	Baigneur et nageuse.	1	1	3 »
Antigeon, Dourel-Roydel.	Baigneuses de Cocotteville (Les)	5	9	loc.
Moreau	Balayeur de chez Maxim's (Le) d	7	8	loc.
Rose fils et Ryvez	Banquier malgré lui	3	3	loc.
Leserre.	Barbe-Bleue.	1	»	2 »
L. Moche.	Baronne.	2	1	loc.
Ratcée-Tranchant.	Bataillon Desroches (Le) d	10	10	loc.
Antigeon-Desplau.	Battage (Le) d	2	1	loc.
A. Moyne.	Béguin d	2	1	loc.
Mestre-Aubry.	Belle Dinde (La) d	9	11	loc.
De Marsan.	Belle-mère apprivoisée (La)	4	3	loc.
Lebreton-St-Paul	Belle-mère est sans pitié (La)	2	2	loc.
Wachs.	Bibi ou l'Enfant de l'Amour.	1	1	4 »
L. Lebreton, L. Bars.	Bon billet de logement (Le)	7	6	loc.
F.Bouvet-F. Muffat	Bonne nuit Tardiveau !	3 ou 2	2 1	loc.
E. Bessière.	Bonsoir !!!	1	1	loc.
Cellier-Joullot	Boudoir discret.	2	1	loc.
Moreau-Gramet.	Bougnol et Bougnol.	4	2	loc.
Villebichot.	Boum ! Servez chaud.	3	2	4 »
Hubans.	Brelan de bègues.	2	1	5 »
F. Bernicat.	Cadets de Gascogne (Les)	troupe	»	7 »
Panès.	Cadiguette (La).	1	1	5 »
Saint-Paul.	Cage de l'Oncle Tom (La)	3	2	loc.
Lebreton	Caïn	3	2	loc.
	Javelot.	2	1	8 »
Lebreton et Soudant.	Calino amoureux.	2	1	8 »
Chevalier-Audray	Camelots (Les).	6	1	loc.
Lebreton-Moreau	Canne d'un grand homme (La) d	2	2	loc.
V. Herpin	Ça porte bonheur	5	3	loc.
F. Barbier	Capricorne (Le).	troupe	»	loc.
Lebreton-Moreau	Carmagnole (La).	3	3	5 »
A. Berthon	Carnaval conjugal (Le) d	9	9	loc.
Levavasseur	Carnaval des 4 z'arts	6	2	loc.
Autigeon-Desplau.	Carte de visite (La)	3	3	loc.
Chaband, Colonge Tranchant	Cascadin et Cie	6	5	loc.
De Marsan	Ce pauvre Bobinet.	2	4	loc.
E. Soudant.	Ce Sacré Narcisse.	4	4	loc.
Chelu.	Ces canailles de couturières d	6	6	2 »
Cuvillier	Chambre à louer.	1	1	2 »
Henry Moreau.	Chambre à part d	4	2	loc.
L. Bouvet.	Chambre de bonne d	3	2	loc.
V. Roger.	Chanson de Florentin (La).	3	2	4 »
P. Henrion	Chanson des Ecus (La).	3	1	4 »
E. André.	Chanteuse par amour (La) d	»	1	6 »
Moreau-Boucheral.	Chaos (Le).	troupe	»	loc.
Lebreton-Moreau	Chasse royale d	6	»	loc.
Cieutat.	Chasseurs Alpins (Les) d	troupe	»	loc.
H. Gilbert.	Chaste Suzanne (La) d			
Yvel.	Chaste Suzanne	4	2	loc.
Dourel, Roydel, E. René	Chéri des Dames	2	3	loc.
Dourel-Roydel.	Chevalier Tric-Trac (Le)	troupe	»	loc.
Meynard	Chez la Costumière d	3	1	3 »
Lhuillier	Chez le dentiste.	1	1	1 »
C. Rosenqueat.	Chez les Corniquet	1	1	5 »
Bomier.	Chicard et Bébé	1	1	5 »
Bomier.	Chien et Chat d	4	1	5 »
Boulay-Layrice.	Choc en retour d	2	2	loc.
L. Bouvet	Cinq à sept de chez Pétrone (Les)	6	4	loc.
Moreau-Gramet.	Cinq contre un.	3	3	loc.
L. Bouvet-F. Muffat.	Cinq sous de Lavarenne (Les)	4	3	loc.
E. Brasseur-L.T.	Circulaire du Préfet (La)	6	2	loc.
Villebichot.	Cirque Ponger's (Le).	troupe	»	5 »
L. Bouvet.	Clémence d'Auguste (La)	2	1	loc.
Bessière.	Clou (Le).	2	2	loc.
L. Collin.	Coco Bel-Œil	3	1	6 »
A. Petit	Cocotte et chiffonnier	1	1	5 »
L. Bouvet	Codicille (Le).	4	4	loc.
Villemer, Delormel, Péricaud	Colosse de Rhodes (Le)	3	»	4 »
A. Petit	Confections pour dames.	2	4	5 »
L. Bouvet-Schmoll	Congrès des Cocottes (Le)	5	7	loc.
G.Touze H.Barbé	Conquêtes difficiles.	3	1	loc.
Lebreton-Moreau	Conscrits bretons (Les) d	7	5	loc.
L. Collin.	Conscrit tyrolien (Le)	1	1	3 »
E. Brasseur.	Constat d'adultère d	6	3	3 »
Habrekorn et P.Marc	Contes de Piron (Les)	2	10	loc.
Lebreton-Moreau	Contrôleur des Wagons-Bars (Le)	5	3	loc.
Ryvez.	Cordon s'il vous plait.	3	3	loc.
Lebreton-Moreau	Cote et Cocottes.	4	4	3 »
C. Roland	Courroie (La)	2	1	loc.
J. Darc et G. Habrekorn	Course aux pantalons (La) d	6	4	loc.
Habrekorn.	Couturière est au-dessus (La)	2	5	loc.
G. Cellier et E. Joullot	Couverture (La)	4	»	loc.
Mize et Saintis	Crocodile a des scrupules (Le)	3	3	loc.

La cage de l'oncle Tom

COMÉDIE-BOUFFE EN UN ACTE

Représentée pour la première fois à Paris le 16 mai 1902

3 H. 2 F.

Visa du 9 mai 1902

PARIS

C. JOUBERT, Éditeur, 25, rue d'Hauteville.

Répertoire de la Société Lyrique.

RÉPERTOIRE SAINT-PAUL

Auteur

Pièces en un Acte

Chez M. JOUBERT, Éditeur, 25, rue d'Hauteville, 25, **PARIS**

A LA SOCIÉTÉ LYRIQUE
10, rue Chaptal

LA CAGE DE L'ONCLE TOM

COMÉDIE-BOUFFE EN UN ACTE
de M. SAINT-PAUL

DISTRIBUTION :

		Poste.	Brunin.
THOMAS, 50 ans (*bien conservé et pas grotesque*).	MM. ADAM.	MM. LUIDGI.
ARISTIDE, son neveu, 25 ans	PARY.	CHARLEVAL.
JEAN, domestique, 55 ans	KERLY.	WILLIS.
GERMAINE.	Mlles Jane HELLY.	Mmes BERLOT.
Mlle DESPARD, mère de Germaine, 36 ans (*très bien*).	BARIA.	CHEVALLIER.

De nos jours à Paris, chez Thomas.

---

*Un salon, portes au fond, à droite et à gauche. A gau-
che, 1er plan, une cheminée, un fauteuil. A droite, 1er
plan, une fenêtre. Au fond à droite une petite table. Sur
la table une cage avec des oiseaux. Sur la cheminée
2 potiches vides, des photographies dans des cadres,
des portières à la porte du fond.*

Indications de gauche à droite du spectateur.

SCÈNE I

Thomas, *assis à gauche dans le fauteuil,* **Jean**
debout au milieu.

Thomas, *sèchement,* 1.

Laisse-moi tranquille, une fois pour toutes,
avec mon neveu !... Il est parfaitement inutile
que tu viennes prendre sa défense auprès de moi !
Je lui ai dit ma façon de penser, il voit ma façon
de faire, qu'il règle sa conduite là-dessus !

Jean, *très calme,* 2.

Cependant, monsieur, vous avouerez que pour
un jeune homme...

Thomas

Quoi ? pour un jeune homme, quoi ?... Je lui
ai signifié que le jour où il se marierait... je le
déshériterais ! c'est clair !

Jean

Ah ! monsieur Thomas ! monsieur Thomas !
pouvez-vous avoir une pareille pensée !

Thomas

Enfin, voyons, il a donc des intentions sur
quelqu'un que tu m'embêtes à ce point pour
lui... il connaît donc une jeune fille ?

Jean

Il n'est pas nécessaire qu'il en connaisse une
particulièrement pour désirer prendre femme.

Thomas

Comment, il n'est pas nécessaire !

Jean

Evidemment, vous ne paraissez pas vous aper-
cevoir que votre neveu a 25 ans... et dam, à 25
ans, c'est dur de renoncer au mariage !

Thomas, *se levant et passant à droite,* 2.

C'est comme ça ! Ici, la consigne est la même
que dans le « petit Duc » pas de femme ! pas de
femme !

Jean, 1.

Mais il y a la tentation, monsieur !

Thomas

On ferme les yeux... Il n'a qu'à faire comme
moi, d'ailleurs ! ne pas sortir... rien ne lui man-
que, ici !

Jean

Oh ! rien !

Thomas

Non, rien ! il est chauffé, logé, nourri, éclairé,
habillé, il joue au domino, tous les soirs, avec
moi, de 8 heures à 11 heures... qu'est-ce qu'il
veut de plus ?

Jean

Une femme !

Thomas

Pourquoi faire ?

Jean

Comment, pourquoi faire !... Ah ! monsieur, que vous soyez célibataire endurci, soit ! mais vous n'avez pas le droit...

Thomas

Je n'ai pas le droit ! je n'ai pas le droit !!! apprenez que je suis le maître ici !

Jean

Certainement... certainement.

Thomas

Et que j'ai tous les droits... et que vous n'avez pas à abuser de vos 20 ans de service auprès de moi, pour me parler comme vous le faites...

Jean

C'est qu'il s'agit de votre neveu... Je l'ai vu naître, moi, ce garçon-là !.. et je l'aime comme mon fils !

Thomas

Et moi ?.. je ne l'aime pas, peut-être ?

Jean

Si... à votre façon...

Thomas, *passant à gauche, 1.*

C'est la bonne façon, monsieur !.. Si vous l'aimez parce que vous l'avez vu naître... moi, je l'aime encore plus que vous, parce que je l'ai connu avant qu'il soit né !

Jean, *2.*

Avant ?

Thomas

Parfaitement !... c'est le fils de mon frère... et je connaissais mon frère, je suppose ?!

Jean

Ah ! je ne dis pas le contraire !

Thomas

Alors, pourquoi venir m'embêter à chaque instant avec mon neveu ? !

Jean

Parce que si cela vous a plû de rester célibataire, ce n'est pas une raison...

Thomas, *l'interrompant vivement.*

Si ! c'est une raison... tous les hommes raisonnables devraient rester célibataires ! !

Jean

Pourquoi ça ?!

Thomas

Parce que tous les hommes qui se marient sont cocus !

Jean

Ah ! pas tous... il y a des exceptions !

Thomas

Tu l'as dit !.. Ceux qui ne le sont pas sont des exceptions, tandis que si tous étaient célibataires !

Jean

Ça n'aiderait guère à la repopulation !

Thomas

On trouverait un autre moyen !

Jean

Un autre moyen ?

Thomas

Parfaitement, la science fait tant de progrès ! !

Jean

Je ne crois pas qu'elle aille jusqu'à celui-là !

Thomas

Si, si, elle ira !.. Oh ! les femmes ! les femmes !

Jean

C'est cependant bien gentil !

Thomas

Quoi ?

Jean

Les femmes !

Thomas

Les femmes ?.. c'est gentil ?.. Quelle horreur, c'est affreux !

Jean

Eh, eh !.. pas toutes !..

Thomas

C'est mal bâti !

Jean

Eh ! eh ! j'en ai connu...

Thomas

C'est mal bâti ! te dis-je... ce n'est que creux et bosses...

Jean

Justement !..

Thomas

Ça a des cheveux sur la tête. c'est une horreur ! !

Jean

Vous dites ça, parce que vous n'en avez plus sur la vôtre.

Thomas, *passant à droite, 2.*

Je dis ça, je dis ça ! parce que leurs cheveux sont d'une longueur dégoûtante !

Jean, *1.*

Dégoûtante ?...

Thomas

Parfaitement ! Quand une femme rentre dans un appartement... on retrouve de ses cheveux partout... jusque dans le potage...

Jean

Monsieur est devenu très dégoûté !..

Thomas, *avec volubilité.*

Ce sont elles, les misérables femmes, qui m'ont rendu comme ça ! Je n'en veux plus voir ! Je n'en veux plus entendre parler ! voilà pourquoi je ne sors pas de chez moi !.. pourquoi j'ai fait faire des murs de 5 mètres de haut autour de mon jardin, afin de ne voir aucune voisine, quand je vais y faire ma promenade ! Pourquoi je ne me mets pas à la fenêtre !... Pourquoi je ne veux pas que mon neveu se marie... parce qu'alors je verrai sa femme et je ne veux pas voir de femme ! !

Jean

Et tout ça paraît drôle dans le quartier !

Thomas, *passant à gauche, 1.*

Je m'en moque ! ! Je sais ce que tu m'as dit à ce sujet ! « De Thomas qui est mon nom, on a fait « Tom » !... j'ai un neveu, et on m'appelle l'oncle Tom !... ma maison est verrouillée, mes fenêtres grillées : on l'appelle une cage et on dit : « La cage de l'oncle Tom ». Je m'en moque, dans cette cage là ! ce n'est pas un serin qui est enfermé !... Tous les gens qui parlent de moi sont des imbéciles et leur opinion ne changera rien à la mienne ! Je ne veux pas voir de femme !

Jean, *2.*

Mon Dieu ! Quelle horreur de la femme, je me souviens pourtant qu'il y a dix ans...

Thomas, *furieux et entêté.*

Oui, oui, mais justement... et je déteste les femmes maintenant que je songe à tout ce qu'elles m'ont fait ! La première m'a donné la teigne, la seconde m'a donné la gale ! ! la troisième m'a perclus de dettes, la quatrième volait, la cinquième me déshonorait partout, la sixième !...

Jean, *riant.*

Malin ! il y en a tout de même une petite collection !

Thomas

Oui, 20, 30, 50, 100, je ne sais pas le nombre... et toutes m'ont fait cocu !

Jean, *philosophe.*

Que voulez-vous ? Il y a des gens prédestinés.

Thomas, *s'asseyant.*

Oui, toutes m'ont fait cocu !

Jean

Et... toutes ! vous les avez bien aimées ?

Thomas, *avec un soupir.*

Ah ! oui, je les ai bien aimées, les sales bêtes ! !

Jean

Vous rappelez-vous, quand vous habitiez Passy... cette petite blonde au nez retroussé ?

Thomas

Oh ! oui !

Jean

Ce qu'elle était rigolotte !.. (*Il prend une chaise et s'assied tout près de Thomas.*)

Thomas, *riant.*

Oh ! oui, elle était rigolotte !.. et pas une femme ordinaire avec ça ! Elle avait été élevée sur une grande échelle.

Jean

Ça ne m'étonne pas ! son père était peintre en bâtiment !

Thomas, *riant.*

En ai-je fait de ces parties avec elle !

Jean

Pour sûr ! Vous rappelez-vous quand vous dansiez la Carmagnole, dans le jardin, en costume du Paradis.

Thomas, *riant.*

Oui, oui, je me souviens... ce qu'elle était drôle !

Jean, *à part.*

Si je pouvais lui faire changer ses idées sur les femmes ! *(Haut et tapotant sur les genoux de Thomas)* Et la petite de la rue Saint-Lazare !

Thomas, *se levant et passant à droite, 2.*

Ah ! ne parle pas de celle-là... la fripouille !.. ce qu'elle m'a coûté cher !

Jean, *à part, se levant et (rangeant sa chaise).*

Bigre ! je tombe mal ! *(Haut)* Ah ! vous l'aimiez bien pourtant...

Thomas.

Jamais... jamais... c'était une folie de ma part...

Jean

Enfin... sinon celle-là .. du moins, il y en a d'autres qui furent bien aimées !

Thomas

Ce n'est pas vrai... je n'ai jamais aimé.

Jean

Oh ! vous niez l'amour, maintenant.

Thomas

L'amour ?.. peuh !.. imbécile... un petit bonhomme qui n'a pour tout vêtement qu'un bandeau sur les yeux !.. C'est dégoûtant !

Jean

Vous dites ça maintenant.

Thomas, *furieux.*

J'ai toujours dit ça... et je le dirai toujours... *(Après un temps, froidement)* Quelle heure est-il ?

Jean, *regardant sa montre.*

Trois heures.

Thomas

C'est l'heure de ma douche glacée, je vais la prendre. *(Il passe devant Jean et va à la porte de gauche.)*

Jean, *2.*

Vous abusez trop des douches glacées... C'est ce qui vous empêche de penser aux femmes...

Thomas, *se retournant.*

Fiche moi la paix... et ne parle jamais de ça !.. je vais prendre ma douche... *(Il sort à gauche.)*

Jean

Allons, je n'ai pas encore réussi, aujourd'hui !

SCÈNE II

Jean, Aristide.

Aristide, *entrant de droite.*

Eh bien ?..

Jean, *1.*

Fiasco encore !

Aristide, *2.*

Ah ! C'est navrant... où est-il ?

Jean

Il est allé prendre sa douche...

Aristide

Sa douche !.. ça lui produit l'effet contraire de moi !...

Jean

Vous avez vu mademoiselle Germaine ?

Aristide

Oui, par la fenêtre... comme toujours, hélas !.. Oh ! si ça continue, je l'épouserai malgré mon oncle.

Jean

Ne faites pas ça !.. non seulement, il vous couperait les vivres de suite, mais il vous déshériterait !

Aristide, *passant à gauche, 1.*

Il me déshériterait ?.. je m'en fiche pas mal, après tout, je suis jeune... et...

Jean, *2.*

Oui, oui, mais il vous couperait les vivres, de suite, et alors que feriez-vous ?.. ce n'est pas moi qui peut vous aider !.. voilà vingt ans que je suis au service de votre oncle... et mon dévouement pour lui ne me permet pas de truquer pour avoir de l'argent... je crois que pour toute fortune j'ai une pièce de quarante sous dans mon porte-monnaie !..

Aristide, *souriant.*

Ce pauvre Jean !

Jean

Il y a dix ans que je l'ai, cette pièce de quarante sous et encore, depuis, je crois bien que le gouvernement m'a fait la blague de décréter que les pièces de ce temps là n'avaient plus cours !

Aristide, *riant.*

Mettez donc de l'argent de côté !

Jean

Voyons, parlons sérieusement...

Aristide, *s'approchant de Jean.*

Oui, que faire ?

Jean, *réfléchissant.*

Je n'en sais rien...

Aristide, *de même.*

Ni moi non plus...

Jean

Nous voilà bien avancés !.. je ne vois qu'un moyen.

Aristide, *vivement.*

Dis vite... Un seul suffit... s'il est bon !

Jean

Je le crois bon... je crois même que c'est le meilleur.

Aristide

Bien sûr, si nous n'avons pas le choix !... Voyons, dis vite !

Jean

Vous causez quelquefois à la maman de mademoiselle Germaine ?

Aristide

Oui dans l'escalier, ou chez un boutiquier, quand je l'y vois en train de faire ses provisions.

Jean

Eh bien, il n'y a qu'elle qui puisse vous sauver.

Aristide

Mais comment !... comment !... Ah ! tu me fais bouillir !

Jean

Comment... ça je n'en sais rien...

Aristide

Oh ! c'est trop fort...

Jean

C'est cependant comme ça .. mais il faut d'abord lui expliquer tout.

Aristide

Tout quoi ?

Jean

Le caractère de votre oncle... sa haine contre les femmes.

Aristide, *qui suit très attentivement*
et très fiévreusement tout ce que lui dit Jean.

Et puis ?...

Jean

Lui dire que vous ne parvenez pas à fléchir votre oncle.

Aristide

Alors ?...

Jean

Et qu'il faut qu'elle trouve un moyen pour arriver à ce résultat.

Aristide

Tu crois qu'elle ?... elle arriverait à fléchir mon oncle...

Jean

Oui, elle est femme !... et il n'y a qu'une femme qui puisse trouver le moyen de le faire fléchir...

Aristide

Ah...

Jean

Oui, oui, allez... tâchez de voir la maman le plus tôt possible, dites lui de trouver un moyen et de saisir la première occasion de s'en servir !... allez vite, si vous êtes pressé !

Aristide

Si je suis pressé.. en voilà une question... vous n'avez donc pas vu mademoiselle Germaine ?...

Jean

Si, si, je l'ai vue !... un beau brin de fille, ma foi !

Aristide

Alors ne me demandez pas si je dois être pressé !.. c'est-à-dire que je suis d'une nervosité... aimer et être aimé d'une jeune fille comme ça, et ne pas pouvoir l'épouser !... Sacré mille noms de...

Jean, *l'interrompant.*

Allez, allez .. ne jurez pas tant et faites ce que je viens de vous dire.

Aristide, *remontant.*

J'y vais... j'y vais... je vais la guetter dans la rue, la maman, comme ça !...

Jean

Allez, et bonne chance.

Aristide, *à la porte.*

Merci ! (*Il sort fond*).

SCÈNE III

Jean, *puis* Thomas.

Jean, *seul, gagnant à droite.*

Quel moyen trouvera la maman... je n'en sais rien... Si je le savais, je n'aurais plus besoin d'elle... mais il est certain qu'elle nous sortira de notre mauvais pas... quand il s'agit de faire des petits complots, les femmes sont très fortes... enfin, attendons les événements.

Thomas, *entrant de gauche en peignoir de bain, il est en dessous en manche de chemise et pantalon.*

Ah ! ça va mieux, cette douche m'a un peu calmé.

Jean, *négligemment.*

C'est le remède qui se donne aux fous...

Thomas, *1.*

Qu'est-ce que ça veut dire ?

Jean, *2.*

Quoi donc ?

Thomas

Ce que tu me réponds... que la douche est le remède qui se donne aux fous... tu me prends pour un fou, maintenant ?

Jean

Mais non, c'est une simple réflexion... monsieur me dit que la douche l'a calmé... alors je pense que ce n'est pas étonnant puisque...

Thomas

... C'est le remède qui se donne aux fous.

Jean

Voilà !

Thomas

Oui ?... eh bien, garde tes réflexions pour toi une autre fois, ça vaudra mieux !

Jean

Je vois que vous êtes encore de mauvaise humeur après moi !

Thomas, *s'asseyant.*

Ma foi non (*un peu songeur*) Après tout, ton étonnement de tout-à-l'heure au sujet de mes idées sur mon neveu et sur les femmes, avait peut être sa raison d'être...

Jean, *à part,*

Tiens, tiens... est-ce l'effet de la douche ? il a l'air plus raisonnable !

Thomas

... Ce que dit la foule n'est pas forcément faux !

Jean

Vous voyez bien !

Thomas, *nerveux.*

Je vois bien, je vois bien !... Tu n'es qu'un imbécile.

Jean, *à part.*

Il aurait dû prendre une deuxième douche !

Thomas, *se levant et passant à droite, 2.*

Oui tu n'es qu'un imbécile !.. La foule parle... elle a des idées, des opinions... elle juge des esprits, des cœurs, des caractères, des sentiments, des hommes, en bloc... elle fait de toutes choses des généralités... et pour chaque généralité, une règle ! mais...

Jean, *1.*

Mais ?

Thomas

Il y a les exceptions...

Jean

Elles confirment les règles !

Thomas

Oui, c'est possible, mais elles existent les exceptions, elles existent... et j'en suis une, moi !

Jean

Ah ! bah !

Thomas, *s'approchant de Jean.*

Crois-tu que ce soit sans raison que je déteste les femmes ?

Jean

Non, bien sûr !

Thomas

Voilà vingt ans que tu es à mon service, rappelle-toi ; dans le temps, je ne les détestais pas ainsi !

Jean

C'est précisément ce que je disais tout à l'heure à Monsieur !

Thomas

J'en ai eu des maîtresses, et des jolies !

Jean

Certes !

Thomas

Alors, crois-tu qu'avec ces femmes, jeunes, gaies, jolies... je n'ai pas eu des journées délicieuses ?

Jean

Et même des nuits, monsieur !

Thomas

Crois-tu que si je voulais encore ?

Jean

Oh ! si ! si !... avec un peu moins de douches...

Thomas

Oui, mais j'en prends, des douches... parce que je ne veux pas me laisser emballer... l'eau froide, ça me détend les nerfs.

Jean

C'est généralement l'effet que ça produit...

Thomas

Oui... c'est le remède qui se donne aux fous !.. Tu me l'as déjà dit... mais je ne suis pas fou !... et si j'ai renoncé à des plaisirs, qui sans être des plaisirs inestimables, n'en sont pas moins des plaisirs...

Jean

Oh, oui, monsieur.

Thomas

Si j'ai renoncé à tout cela, si mes amours se sont changées en haines... c'est parce que je suis un misérable !

Jean

Je n'osais pas le dire à monsieur... mais puisque vous même... vous l'avouez...

Thomas

Tais-toi, tu ne sais pas ce que tu dis !... J'en veux aux femmes (*songeur et lentement*) parce qu'avec une d'elles, je me suis conduit...

Jean, *doucement.*

Comme un cochon.

Thomas

Hein ?

Jean, *vivement.*

Rien, rien, monsieur, je vous écoute !

Thomas

Parce qu'avec une, je me suis conduit comme un lâche !

Jean

En voilà une raison, il me semble qu'au contraire vous devriez racheter cette lâcheté en aimant davantage toutes les femmes !

Thomas, *bourru.*

Tu es un âne !

Jean

Merci !

Thomas

Oui, tu es un âne... Il y a 18 ans de cela ! tu étais à mon service depuis deux ans, mais je n'avais pas encore en toi la confiance que tu as su mériter depuis.

Jean, *à part.*

Et lui, le droit de me traiter d'âne !

Thomas, *emballé, passant à gauche, 1.*

J'étais à cet âge où l'homme est le plus vaillant soldat de l'amour ! où il n'ignore plus les finesses diplomatiques à employer avant de disposer ses batteries. Ah ! dans ce temps là ! Je courais de conquêtes en conquêtes. Dans mon cœur, claironnait continuellement comme une marseillaise d'amour !

Jean, *2.*

C'était le bon temps...

Thomas, *maussade.*

Le bon temps qui ne m'a laissé que d'amers souvenirs ! Dans ma folie, j'ai détourné une jeune fille, jeune ouvrière, 18 ans... un trésor, un amour !... Jolie, gaie, spirituelle... Toutes les qualités.

Jean

On s'aperçoit toujours de ça après !

Thomas

Un jour elle m'annonça que j'allais être père !

Jean

Aïe ! aïe !

Thomas

C'est le cri que je poussais aussi ! Aïe ! aïe !.. et pourquoi ? J'étais sûr de sa fidélité, de son amour, pourquoi n'étais-je pas heureux de cette nouvelle ?.. Un moment je résolus de faire mon devoir.

Jean

Ça m'étonne !

Thomas

Comment ça t'étonne !

Jean, *vivemen'*.

Non, non, je dis... ça m'étonne que vous ne l'ayez pas fait.

Thomas

Non, je ne l'ai pas fait... et c'est la faute aux maîtresses qui ont suivi... qui m'ont entraîné... détourné de cette petite ouvrière !.. Ah ! les maudites ! les maudites... Aujourd'hui j'aurais un intérieur, un ménage, une grande fille de dix-huit ans... qui ferait la joie de mon foyer.

Jean

Et que l'on marierait avec son cousin.

Thomas

Peut-être... Cette pauvre Blanchette... l'avoir ainsi abandonnée !

Jean

Vous n'avez jamais eu de ses nouvelles.

Thomas

Jamais... j'ai fait des recherches ! pas de résultat !.. C'était trop tard... c'est après la lettre que j'ai reçue d'elle quelques jours après mon abandon... que j'aurais dû courir !..

Jean

Une lettre !

Thomas

Oui, que je sais par cœur, tant je l'ai relue depuis, et où elle me disait :

(*Rondeau a chanté très simplement, sans voix*).

Air : *Lettre de la Périchole*.

Oh ! mon cher amant, je t'implore
Que vais-je devenir sans toi !
Sans toi ! que j'aime, que j'adore !
A qui j'avais donné ma foi !
Si tu n'écoutes ma prière
Si de moi, tu n'as pas pitié
Rappelle-toi que je suis mère
Et garde-moi ton amitié !
C'est pour ton enfant que je pleure
Devra-t-il donc manquer de pain !
Si bientôt il faut que je meure
Restera-t-il sans un soutien !
Je te parle, c'est sans reproche
Pour moi, je te pardonne tout.
Mais je vois dans le berceau proche
L'enfant ouvrir ses yeux si doux !
C'est ta fille qui te conjure
C'est elle qui plaide pour moi !
Si tu la voyais, je te jure
Que ton cœur serait en émoi !
Ne viendras-tu pas — je suis folle
L'abandonnes-tu pour toujours
Dois-je briser ma chère idole
Mourir de nos chères amours !

Thomas, *Il tombe anéanti sur le fauteuil.*
après un temps.

Voilà tout ce que j'ai perdu ! (*Il est à gauche, dans le fauteuil près de la cheminée, Jean près de lui*).

SCENE IV

Les Mêmes, **Aristide**.

Aristide, *3, entrant du fond et s'arrêtant aussitôt.*

Oh ! oh ! qu'est-ce qu'il y a ?

Jean, *2.*

Ce n'est rien, un peu d'émotion. . de vieux souvenirs.

Thomas, *1, s'apercevant seulement de la présence d'Aristide.*

Hein ? Quoi ? qu'est-ce que tu dis ?... de l'émotion ?... moi ? (*Il va à droite n° 3*).

Jean, *1.*

Oui, mais ce n'est rien (*A part*) Risquons un grand coup ! (*Haut*) Votre oncle consent à un mariage...

Aristide, *2, se précipitant dans les bras de son oncle.*

Ah ! mon cher oncle ! je savais bien !

Thomas, *furieux, éloignant Aristide.*

Moi ? je consens ?...

Aristide

Mais c'est Jean...

Thomas

Jamais de la vie !... Jean ne sait pas ce qu'il dit !... c'est trop fort ça, par exemple !!

Jean, *à part, descendant un peu.*

Voilà ce que je craignais !

Thomas, *passant près de Jean.*

Fiche-moi le camp, que je ne te revois pas, ou je te casse les reins !

Jean

Je pars.. je pars !.. (*Il remonte et va à droite*) (*A part*) Sapristi, il a raison de prendre des douches ! *Il sort à droite.*)

SCÈNE V

Thomas, Aristide.

Thomas, *se retournant vers Aristide qui est resté interloqué.*

Quant à toi, écoute bien ce que je vais te dire !

Aristide

Oui, mon oncle...

Thomas

Si la vie que tu as ici ne te convient pas... tu peux t'en aller !... mais rappelle-toi que tu n'as rien à attendre de moi !... et que si tu veux rester ici, je ne consentirai jamais à ce qu'une femme y entre !.. tu as entendu ?

Aristide

Oui, mon oncle...

Thomas

Eh bien va-t-en

Aristide

Oui, mon oncle... (*A part*) Comment vais-je sortir de là ! (*Il sort à droite.*)

SCÈNE VI

Thomas, *puis* Germaine.

Thomas, *seul.*

Ah ! non, je ne veux pas introduire de femme ici !... les gueuses ont brisé ma vie ! (*Il va prendre la cage qui est sur la table*) Pour une bonne que j'avais trouvée, j'en ai rencontré cent mauvaises qui me l'ont fait abandonner !... (*Il va à la fenêtre avec la cage*) Et encore quand je dis que j'en avais trouvé une bonne ! J'en suis pas plus sûr que ça ! Il aurait fallu voir ça à l'usage. (*Il ouvre la fenêtre*) Dame ! tout nouveau, tout beau ! je les connais les balais neufs ! (*Il accroche la cage au dehors, puis la lâche, on entend la cage qui dégringole, regardant par la fenêtre*) Ah ! maladroit ! maladroit ! (*Tout en fermant la fenêtre*) C'est ce clou aussi, qui ne tient pas ! (*Appelant*) Jean !... Jean !... il ne viendra pas l'animal !... parbleu... j'ai besoin de lui. (*Appelant*) Jean ! Jean !... Il croit peut-être que je l'appelle pour lui casser les reins... ah ! le crétin !.. le bandit !.. (*On frappe au fond, criant*) Entrez !

Germaine, *entrant tenant la cage à la main, 1.*

Monsieur...

Thomas, *bourru, 2.*

Qu'est-ce que vous voulez ?

Germaine, *timidement,*

Monsieur... j'étais dans la cour... quand cette cage est tombée... j'ai tout de suite dit : c'est la cage...

Thomas, *vivement.*

De l'oncle Tom ! parbleu... c'est l'esprit du quartier !

Germaine

Je me suis empressée de vous la remonter...

Thomas, *passant à gauche, 1.*

Vous avez eu tort !.. (*Il s'assied dans le fauteuil en lui tournant le dos.*)

Germaine, *à part, 2.*

Monsieur Aristide avait raison de dire à maman que son oncle était original !... Quelle réception !

Thomas, *tournant la tête vers elle.*

Vous êtes encore là ?

Germaine, *tenant toujours la cage.*

Où dois-je mettre cette cage ?

Thomas

Laissez-là où elle est !

Germaine, *fait une moue, hausse légèrement les épaules avec un sourire et va poser la cage sur la table.*

Ici, je crois qu'elle sera bien.

Thomas. *maussade.*

Oui ! très bien, merci, pas mal et vous ?

Germaine

Vous êtes souffrant, monsieur Thomas ?

Thomas, *se levant.*

Non, non, je ne suis pas souffrant. (*A part.*) Je ne peux pas la jeter à la porte, cette jeune fille ! (*Haut.*) Non, je ne suis pas souffrant, bonsoir ! (*Il sort à gauche.*)

SCÈNE VIII

Germaine, *puis* Aristide

Germaine

Mon Dieu ! quel homme, quel caractère !

Aristide, *entrant de droite.*

Oh ! mademoiselle Germaine, ici !.. Vous avez vu mon oncle ?

Germaine

Oui.

Aristide

Il... ne vous a rien dit ?

Germaine

...A peu près...

Aristide

Il vous a mal reçue ?

Germaine, *hésitant.*

Mon Dieu...

Aristide

Si ! si !.. Il vous a mal reçue !.. parbleu, je le connais ! Ah ! ma chère Germaine... votre mère vous a dit ?

Germaine

Oui, maman m'a répété ce que vous veniez de lui dire... et même elle avait trouvé un prétexte pour que votre oncle me connaisse. . au moins

de vue !.. Figurez-vous que cette cage était tombée dans la cour, c'était une occasion !.. « monte-la vite chez monsieur Thomas, me dit maman, tu verras un peu comment il est... cet homme invisible !

Aristide

Et vous avez vu...

Germaine

Oui !

Aristide

Et que concluez-vous ?

Germaine

Rien !

Aristide

Voilà un renseignement !.. Si votre mère trouve un moyen avec ça !

Germaine

Elle en trouvera un, j'en suis certaine !

Aristide

Puissiez-vous dire vrai !

Germaine

Et puis enfin, votre oncle qui m'a vue tout-à-l'heure ne sait pas que c'est moi que vous aimez.

Aristide

Oh ! mais ce n'est pas à vous seule qu'il en veut, c'est à toutes les femmes !

Germaine

Peut-être fera-t-il exception pour moi !

Aristide

J'ai peur que non !

Air : *La fille de M*ᵐᵉ *Angot — 2ᵉ acte.*

(*en sol*).

Mon oncle est d'humeur si méchante
Que je dois l'avouer, j'ai peur
Qu'il me refuse votre cœur
Malgré ma prière touchante.
Et bien que vous soyez charmante.
Que je vous aime pour toujours
Il faut souffrir pour nos amours
Mon oncle est d'humeur si méchante

Germaine, *enchainez avec l'air : Le violoneux.*

Mais c'est contraire aux usages   (*en sol*).
Maman trouv' ça très gentil
C'est ravissant un mariage
De deux époux assortis !
Faut pas vour fair' tant de peine
Nous s'rons unis la chose est certaine

Allons mon voisin
Plus de gros chagrin
Je suis sûr' voyez-vous
Qu' vous s'rez mon époux.
Allons, mon voisin,
Plus de gros chagrin
N'ayons plus de gros chagrin

ENSEMBLE

Germaine

Allons mon voisin
Plus de gros chagrin
Je suis sûr' voyez-vous
Qu' vous s'rez mon époux
Allons, mon voisin
Plus de gros chagrin
N'ayez plus de gros chagrin

Aristide

Voilà ! votr' voisin
N'a plus d' gros chagrin
Je suis sûr comme vous
Que j' s'rai votre époux
Voilà, votr' voisin
N'a plus d' gros chagrin
Je n'ai plus de gros chagrin.

SCÈNE VII

Les Mêmes, Jean.

Jean, entrant de droite.

Bravo ! bravo, de la gaîté ! C'est excellent.

Aristide, 2.

Oui, je suis gai... mademoiselle Germaine me donne confiance en m'assurant que sa mère réussira à obtenir le consentement de mon oncle.

Germaine, 1.

C'est certain !

Jean, 3.

Ce n'est pas banal tout de même ! c'est la mode renversée ici ! Voilà la maman de la jeune fille qui va venir demander la main du jeune homme !

Aristide

Oui, mais avant je veux faire une expérience !

Jean

Laquelle ?

Aristide

Je vais parler moi-même de ce mariage à mon oncle et lui présenter ma chère Germaine.

Jean

Vous aurez ce courage-là ?

Germaine

Peut-être vaudrait-il mieux laisser faire maman.

Jean

Moi j'aimerais mieux apprendre le français aux lions du désert, que reparler mariage à cet homme-là !

Aristide

Je vais toujours essayer... je ne risque rien... il sera toujours temps après de laisser faire votre mère. (*Thomas entr'ouvre la porte de gauche*).

Jean, *bas à Aristide.*

Attention, alors, voilà la bête féroce ! (*A part.*) Moi, je me sauve, il y a trop longtemps qu'il a pris sa douche ! (*Il sort à droite.*)

SCÈNE VIII

Aristide Germaine, Thomas.

Thomas, *entrant de gauche.*

Ah ça ! qu'est-ce que ça veut dire ? Malgré ma défense !! (*Aristide fait passer Germaine n° 3.*)

Aristide, *se payant d'audace*, 2.

Mon oncle !.. j'ai l'honneur de vous présenter mademoiselle Germaine Despard, que j'aime, qui m'aime, et j'ai l'honneur de vous demander votre consentement à notre mariage.

Thomas, 1.

Vraiment ?.. Alors, il a suffi que la cage tombe par la fenêtre, pour que tu veuilles épouser la jeune personne qui vient la rapporter ?

Aristide

J'aime mademoiselle Germaine depuis longtemps !

Thomas

Ah bah ?! (*A part*) je m'en doutais ! (*Haut.*) C'est bien, laisse-nous, je désire causer à mademoiselle...

Aristide, *à part.*

Que va-t-il lui dire ! (*Bas à Germaine*) Dites toujours comme lui.

Thomas

Laisse-nous !

Aristide

Oui, oui, mon oncle ! (*A part en allant à droite.*) Que va-t-il lui dire ?

SCÈNE IX

Thomas, Germaine.

Thomas, *lui fait signe de s'asseoir sur la chaise et s'assied sur le fauteuil.*

Mademoiselle, dans la vie, les gens se divisent en deux groupes : Les voleurs... et les volés... moi ?.. je ne suis ni l'un ni l'autre !..

Germaine, *pendant toute cette scène, très ingénue, très simple, répondant simplement par politesse.*

Oui, monsieur.

Thomas, *étonné de sa réponse, tourne brusquement la tête vers elle et la fixe une seconde, puis continuant.*

Aristide vous a plû... c'est possible !.. Il n'est pas mal de sa personne !.. C'est mon neveu.

Germaine

Oui, monsieur !

Thomas, *même jeu.*

Mais, quant à ce qui est de son existence ! c'est autre chose !.. Moi, je suis un honnête homme !..

Germaine

Oui, monsieur.

Thomas, *s'emballant.*

Un très honnête homme même ! et je dois avant tout vous avertir de ce qu'est mon neveu !

Germaine, *après un petit temps.*

Oui, monsieur.

Thomas, *à part.*

Elle ne se fatiguera pas l'esprit à me répondre ! (*Haut*) D'abord, il n'a aucune fortune ! Vous entendez ? aucune fortune !

Germaine

Oui, monsieur.

Thomas, *à part.*

Ça n'a pas l'air de l'étonner... (*Haut*) Donc, pas de fortune... ça vous est égal ?

Germaine

Oui, monsieur.

Thomas

Voilà pour la situation... maintenant... Aristide a des enfants... (*Un temps*) Vous entendez ? il a des enfants ?

Germaine

Oui, monsieur...

Thomas

Il en a sept !!... il vous l'a dit ?

Germaine

Oui, monsieur !

Thomas, *à part.*

Il lui a dit ?... Est-ce qu'il en aurait réellement sept ! ! (*Haut*) Il en a un qui a un mois, un qui a deux mois, un autre qui a trois mois... Il en a sept enfin !

Germaine

Oui, monsieur !

Thomas, *à part.*

Décidément c'est tout ce qu'elle sait dire !... (*Haut*) Maintenant... s'il n'a pas de fortune... en revanche... il a des dettes !...

Germaine

Oui, monsieur !...

Thomas

Il vous l'a dit ?...

Germaine

Oui, monsieur...

Thomas, *à part.*

Ah ça ! est ce qu'il aurait réellement des dettes ?... (*Haut*) Ainsi, il a des dettes !... il a des enfants !... c'est un chenapan ! Vous savez tout cela, et voilà l'homme que vous voulez épouser !

Germaine

Oui, monsieur.

Thomas, *se levant et passant à droite, 2.*

Oui, monsieur ! oui, monsieur !... vous dites toujours la même chose !!... Ah ! vous voulez épouser Aristide !... Eh bien, moi, je ne veux pas !... D'abord, qui êtes-vous ? est ce que je vous connais ?

Germaine 1, *se levant.*

Monsieur... ma mère...

Thomas

Votre mère ! Vous avez une mère, par dessus le marché !!... Eh bien, non !... c'est trop !! Deux femmes dans mon intérieur ! jamais de la vie !... *(Germaine fait un mouvement)* Oh ! je la connais, celle-là ! D'abord, on dit : non, maman ne viendra pas ! mais une mère ! c'est tenace ! ça ne lâche pas son enfant comme ça ! Une belle-mère !... ça se cramponne !... Non ! non ! non !! voilà qui est entendu !... je refuse carrément... vous avez compris ? *(En allant à gauche)* Deux femmes chez moi ! Ah ! non, alors, non !! *(Il sort vivement à gauche)*.

SCÈNE X

Germaine, *puis* Mme Despard

Germaine, secouant la tête.

Décidément, il vaut mieux laisser agir maman !

Mme Despard, *entrant du fond, des gerbes de fleurs sur les bras.*

Tu es seule !

Germaine

Oui, monsieur Thomas vient de me parler, et, ma foi, monsieur Aristide avait raison !

Mme Despard

Ah !... allons... je vais lui parler moi-même, à cet homme terrible !... *(Regardant autour d'elle.)* Mon Dieu, comme on voit bien que l'on est chez un homme seul ! quel triste intérieur ! *(Regardant la cage sur la table.)* Cette cage n'est pas à sa place *(Elle pose ses gerbes de fleurs sur la table prend la cage et va l'accrocher au dehors.)* Là, au moins, ces petites bêtes auront de l'air et ne saliront pas la chambre. *(Regardant la cheminée.)* Ces potiches vides ! *(Elle prend les potiches, les place sur la table et dispose les fleurs dedans.)*

Germaine, souriant.

Tu sais, il n'est pas commode, si tu désorganises son intérieur !

Mme Despard, *elle place les embrasses aux portières, et dispose les rideaux gracieusement.*

Ne crains rien... *(Elle va à la cheminée, rapproche les candélabres pour combler le vide des potiches, et dispose les photographies.)* C'est sans doute son portrait, ceci ?

Germaine, s'approchant.

Oui, maman ..

Mme Despard, songeuse.

C'est curieux... voilà une physionomie que je connais...

Germaine

Tu crois...

Mme Despard, réfléchissant.

Oui... où ai-je connu des yeux semblables... est-ce que ?. Non, c'est monsieur Thomas...

Germaine

Eh bien, maman, trouves-tu ?

Mme Despard, avec émotion.

Non... et cependant... il me semble... Il faut que je m'assure.... reste là,.. je vais remonter...

Germaine

Oui, maman ...

Mlle Despard, en remontant.

Mon Dieu !.. Si c'était lui !.. *(Elle sort fond.)*

SCÈNE XI

Germaine, *puis* Aristide, *puis* Jean

Germaine, 1.

Comme maman a l'air émue !

Aristide, passant la tête à droite.

Toute seule ?

Germaine

Oui.

Aristide, 2.

Eh bien ?

Germaine

Toujours même résultat !.. il refuse...

Jean, entrant de droite, 3.

On ne chante plus ?.. Ça va mal !

Aristide

Oui très mal ! il refuse toujours !

Jean

Eh bien, moi ! j'ai un moyen !

Germaine et Aristide

Serait-il possible !!

Jean

Oui, *(A Germaine.)* Quel âge avez-vous ?

Germaine

Dix-huit ans.

Jean

Parfait ! C'est justement ce qu'il faut... et si votre mère consent à jouer certaine petite comédie, votre mariage est dans le sac.

Aristide

Oh ! explique vite ! vite !

Jean

Pas ici, votre oncle pourrait revenir... allons par là ! (*Il ouvre la porte de droite à Germaine*) Passez, mademoiselle.

Germaine, *sortant à droite.*

Oui, allons vite, vite. (*Elle sort.*)

Jean, *à Aristide.*

Venez avec nous. (*Il va pour sortir*).

Thomas, *paraissant à gauche.*

Monsieur Aristide, j'ai à vous parler.

Aristide

Bien mon oncle !

Jean, *à part.*

Que le diable l'emporte. (*Il sort à droite.*)

SCÈNE XII

Thomas, Aristide.

Thomas, *se croisant les bras, 1.*

Ainsi, monsieur, vous passez votre temps à faire des enfants !

Aristide, *2.*

C'est exagéré, mon oncle !

Thomas

Je sais ce que je dis !.. et je sais que vous en avez sept !

Aristide

Sept !... Sept enfants, moi ? (*A part*) Ah ça ! Il devient fou !

Thomas

Oui, parfaitement !.. le premier a un mois... le second deux mois et le troisième... trois mois !

Aristide

Alors ils ne sont pas de la même mère !

Thomas

Pas de la même mère ?

Aristide

Dame ! un par mois !

Thomas

C'est vrai !... mais alors... il a trois femmes !! et moi qui lui ai défendu !..

Aristide

Mais d'abord qui vous a dit...

Thomas

Que tu avais sept enfants, misérable !! c'est la jeune fille que tu m'as présentée tout-à-l'heure !

Aristide

Germaine ? !

Thomas

Oui, ta Germaine... c'est peut-être la mère des quatre autres !!

Aristide

La mère... je deviens abruti, moi.

Thomas

Ah ! ah ! ah ! Je sais tout !... elle m'a tout avoué !.. et je sais aussi que tu as des dettes ! bandit.

Aristide

Comment ! elle vous a dit...

Thomas

Que tu avais des dettes ! parfaitement !.

Aristide, *à part.*

Si c'est là le moyen que sa mère a trouvé !... Il est joli !

Thomas

Mais je ne les paierai pas tes dettes ! Je ne les paierai pas !.. et ton mariage ne se fera pas !.. j m'y oppose... voilà mon dernier mot.

Aristide, *à part, avec colère contenue.*

Oh ! tant de méchanceté me révolte à la fin

Thomas

Tu as compris ?

Aristide, *fermement.*

Mon oncle, c'est vous qui m'avez élevé, je vous respecte comme mon père... jusqu'à présent j'ai subi toutes vos volontés sans discuter... il s'agit maintenant de mon avenir, du bonheur de toute mon existence, vous vous y opposez par un égoïsme féroce, je m'incline pour un moment, car je veux vous laisser réfléchir sur l'acte d'autorité que vous commettez aujourd'hui et par lequel vous brisez toute ma vie, mais je vous prie d'y songer et de revenir sur une décision qui pourrait provoquer des malheurs irréparables, dont vous auriez certainement des remords éternels. Mon oncle, je vous salue respectueusement (*Il sort à droite*).

SCÈNE XIII

Thomas, *puis* **Mme Despard.**

Thomas, *interloqué.*

Bigre de bigre !.. il ne me l'a pas envoyé dire !! Voyez-vous cette mouche à miel qui devient rhinocéros ! comme ça, tout d'un coup !.. Et de quels malheurs irréparables, veut-il parler !.. Ces jeunes têtes folles ! tout est à craindre... et c'est vrai... que s'il lui arrivait malheur, j'aurais des remords éternels !.. Mais pourquoi veut-il se marier, ce moutard-là ! pourquoi ! ! Si je pouvais trouver un motif sérieux pour refuser !

Mme Despard, *paraissant au fond.*

Monsieur Thomas.

Thomas, *se retournant, à part.*

Encore une femme ! Ah ! ça, il pleut des femmes ici ! (*Haut*) Monsieur Thomas, c'est moi.

Mme Despard, *2.*

Je désire vous parler de choses graves...

Thomas, *1.*

Je n'ai que quelques minutes à vous accorder, madame, car voici bientôt l'heure de ma douche...

Mme Despard

Ces quelques minutes suffiront...

Thomas, *regardant autour de lui.*

Mais, qu'est-ce qu'a donc fait Jean ?.. c'est tout changé ici... c'est bien mieux...

Mme Despard

Votre intérieur est très coquet...

Thomas

C'est pour venir me dire ça que vous me dérangez ?

Mme Despard

Si vous voulez bien m'écouter...

Thomas

Voilà une heure que je ne fais que ça...

Mme Despard

Le temps vous paraît long.

Thomas, *à part.*

Voilà un regard que je connais !

Mme Despard

Monsieur, je suis la mère de Mademoiselle Germaine, qui aime et est aimée de votre neveu.

Thomas, *à part.*

Aïe ! nous voilà aux remords éternels !

Mme Despard

Avant de consentir définitivement au mariage de ces deux enfants...

Thomas, *vivement.*

Permettez ! Permettez !! je n'ai pas du tout consenti au mariage !

Mme Despard, *poursuivant avec intention, sans dramatiser.*

Je dois venir vous avouer une vérité grave.

Thomas, *à part.*

Si ça pouvait me donner une raison de refus !

Mme Despard, *sans le perdre de vue.*

Je suis veuve de monsieur Despard... et Germaine n'est pas sa fille... c'est une enfant naturelle !

Thomas, *à part.*

Je la tiens! je les tiens tous! (*Haut et déclamant*) Ah ! ah ! Madame ! et voilà le mariage que vous venez me proposer pour mon neveu ! Une enfant sans nom !... Et vous, Madame, sans honte, vous venez m'avouer votre jeunesse orageuse !... vous avez failli !... que peut-on espérer de la fille d'une telle mère !!

Mᵐᵉ Despard, *qui l'a écouté en le regardant et hochant la tête, comme si elle approuvait, mais avec une ironie à peine dissimulée.*

Oui, Monsieur !... j'ai failli !

Thomas

Eh bien tant pis, Madame, ce n'est pas à moi à réparer votre inconduite !

Mᵐᵉ Despard, *lentement.*

Germaine est fille, de père inconnu...

Thomas, *haussant les épaules.*

De père inconnu !... c'est joli !!

Mᵐᵉ Despard, *lentement.*

Et de Blanche Crémieux !

Thomas, *bondissant.*

Blanche Crémieux !!!... vous... vous êtes Blanche Crémieux !!

Mᵐᵉ Despard

C'est mon nom de jeune fille, alors que j'étais ouvrière, rue Montmartre...

Thomas, *suffoquant.*

... Rue... rue Montmartre !...

Mᵐᵉ Despard

Germaine a dix-huit ans !

Thomas, *avec explosion.*

Dix huit ans !!... Germaine !!... ma fille !... Blanchette... Blanche !... c'est toi que je retrouve ! *(Ils tombent dans les bras l'un de l'autre).*

SCÈNE XIV

Les Mêmes, **Aristide** 4, **Germaine** 3, *puis* **Jean**

Aristide *et* **Germaine**, *entrant vivement de droite.*

Qu'y a-t-il !

Thomas, *vivement et avec émotion.*

Aristide... épouse ta Germaine !... c'est ma fille !.. je te la donne... le remords m'avait tué ! je reviens à la vie !... par un hasard providentiel ! que je bénis...

Germaine

Vous voulez dire grâce à la cage qui est tombée par la fenêtre.

Thomas, *riant.*

Oui, la cage de l'oncle Tom !!

Jean, *entrant du fond, 3.*

Monsieur, voici l'heure de votre douche glacée !

Thomas

Eh bien ! mets-la sur le feu !

Air : « *Les femmes, il n'y a que ça* » « *La Périchole* »

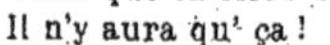

Et là, maintenant que nous sommes
Unis et d'accords tous les trois.
Pourquoi ne pas avouer en somme
Et chanter tous à pleine voix
  Les femmes (*bis*)
  Il n'y a qu' ça
Tant que le monde durera
Tant que la terre tournera
  Les femmes (*bis*)
  Il n'y a qu' ça
  Tant que la terre tournera   } *ensemble.*
  Il n'y aura qu' ça !

RIDEAU

Vannes. — Imp. LAFOLYE Frères. —1902.

AUTEURS	TITRES DES ŒUVRES	Hommes	Femmes	Prix net
Guillemand de Mirsan	Culotte à l'envers (La) d	15	10	loc.
De Rose et d'Arsay	Culotte du marié (scène) (La)	1	1	loc.
H. Duharnois	Cure Merveilleuse (La)	3	1	loc.
Saint-Paul	Dame aux bluets (La)	2	2	loc.
Lebreton-Moreau	Dans cent ans d	troupe		loc.
Pierre Achard	Dans l'Escalier	2	1	loc.
Sourilas	Dégrafée d	3	3	
Mestre-Aubry	Demoiselle des Martigues (La) d	3	10	loc.
Cellier-Gramet	Demoiselles Plumemboy (Les)	8	11	loc.
Marc Sonal-Pierre Laurey	Départ du régiment (Le) d	5	10	loc.
St-Paul-G. Rose fils	Dernière carotte (La)	3		loc.
L. Lefèvre	Dernier verre (Le)	2	1	
F. Barbier	Deux amours de chandeliers	1	1	
F. Matz	Deux avares (Les) d	2	1	3
Ch. Hubans	Deux coqs vivaient en paix	2	1	
F. Gracia	Deux estafiers (Les)	2		2
Vallès-Garnier	Deux femmes de M. Grochose (Les)	3	2	loc.
A. Condamin	Deux heures de retard	2	2	loc.
M. Chautagne	Deux muses (Les)	2		
F. Barbier	Deux parfaits notaires (Les)	2		
Hervé-Lecocq	Deux portières pour un cordon d	3		
Gribinski	Déveine (La)	2	2	loc.
Moreau-Boucherat	Diable au Moulin (Le)	4	8	loc.
St-Paul-G. Rose fils	Divorcerons-nous	3	2	loc.
Gramet-Talber	Doigt coupé (Le)	troupe		loc.
Léon Laroche	Domestique pour rire (Un)	1	1	
G. Rose fils	Don Juan de Montmartre	3	9	loc.
Saint-Maurice	Doubles Vierges (Les) d	troupe		loc.
L. Bouvet-Lebreton	Drapeau du Régiment (Le)	5	4	loc.
Sonrilas	Drapeau jaune (Le) d	4	2	
F. Muffat-L. Douvel	Dudule	3	2	loc.
Bouvet-Sevre	Dupont et Dupont	4		loc.
St-Paul et Rosy fils	Durandard est un bon garçon	3	2	loc.
Dottin, Boulay-Layriee	Duriflard	5	1	loc.
L. Bouvet-Schmoll	Echange de bals	5	5	loc.
De Lannoy et Lions	Echarpe (L')	2		loc.
J. Domère	École buissonnière (L')	3		3
Boulay-Layrice	École des Cocus (L')	4	3	loc.
Yver-Septmons	Eh ! Ohé ! Ladrupette ! d	2	1	loc.
Trebla-Croisier	Elle ! d	4	1	loc.
El. Lhuillier	Elle débute ce soir	1	1	A
Delaruelle	El señor Piñardino	1	1	6
M. de Marsan	Empire du milieu (L')	3		loc.
Marsay	En colonne d	troupe		loc.
Daunys et Morelo	Encore un déraillement	3	2	loc.
Saint-Paul	Encore une revue	4	4	loc.
Lebreton-Moreau	Enfant des halles (L') d	3		loc.
Jallais-Hubans	Enlèvement des Sabines (L')	troupe		loc.
Guillemand de Mirsan	Enfants d'Edouard (Les) d	2	1	loc.
Lebreton-Duroc	Enragés d	4	1	loc.
Gribinski	En répétition	4	3	loc.
Villebichot	Entre deux jardins	1		A
Lebreton-Duroc	Entresol d'Eugène (L') d	4	6	loc.
Garnier-Vallès	Erreur de Bridouille (L')	3	2	loc.
Banès	Escargot (L')	2	3	6
A. Pajol	Esprits d'Argenteuil (Les)	5	2	loc.
P. Pottier R. Dubreuil	Estime du Concierge (L')	2	1	loc.
D. Dihau	Eternel roman (L')	1	1	A
Dourel-Raydel-Tranel	Etrennes utiles	3	2	loc.
Garnier-Vallès	Exploits de Malichard (Les)	8	4	doc.
L. Bouvet-Ch. Darantière	Extras de Balochard (Les) d	4	4	loc.
St-Paul-G. Rose, fils	Fais ça pour moi	3	2	loc.
F. Beauvallet	Faites le jeu, Messieurs d	3	1	loc.
Moreau-Gramet	Famille Nitouche (La)	3	3	loc.
L. Bouvet, J. Serry-Roses	Family-Plage	6	4	loc.
Lebreton-Moreau	Farces du Printemps (Les) d	6	4	loc.
St-Agnan Choler	Faut du prestige (vaud.) d	3	2	loc.
Lebreton-Duroc	Faut que l'casse la g. à Baptiste d	5	3	loc.
G. Rose père	Faux cols d'Oscar (Les)	4	2	loc.
De Lannoy-Lions	Félicité	2	2	loc.
Flers	Femina d	troupe		loc.
Ch. Gabet	Femme de Valentino (La) d	2	2	loc.
Moreau	Femmes qui fument (Les) D	7	8	loc.
F. Chavoir	Fête à Claudine (La)	2	1	A
E. Dahein	Fête à M. le Maire (La)	5	2	A
Guillemaud	Feuille à l'envers (La) d	4	3	loc.
G. Portin - V. Doyen	Fiançailles de Toinette (Les) d	1	1	loc.
Dorfeuil-Bouvet	Fiancé des Nourrices (Le)	4	5	loc.
Javelot	Fiancés berrichons (Les)	3	1	A
Soulis	Fiancés du bonnet de coton (Les)	4	3	A
L. Vasseur	Fichue idée d	2	1	A
Brigliaux-Talber	Fichue situation d	3	1	loc.
Liouville	Fièvre phylloxérique (La)	3		loc.
Berthé	Fille du charpentier (La)	3	2	loc.
Lebreton-Moreau	Fille du marin (La) d	4	1	loc.
Dourel-Raydel-E. Hervé	Filles de Cornenville (Les)	3	7	loc.
...ton-Soudant	Filles de la Cantinière (Le) d	3	2	loc.
	Filles du Charcutier (Les)	3	2	loc.
Lebreton-Moreau	Fils à Papa (Le) d	[illegible]	[illegible]	[illegible]
Lebreton-Moreau	Fils de Gonape	[illegible]	[illegible]	[illegible]
Charlier et Battaille	Fils de M. Alphonse (La) (vaud.) d	[illegible]	[illegible]	[illegible]
Duroc-Maillait	Five O'Clock de la Baronne	[illegible]	[illegible]	[illegible]
Villebichot	Fleuriste et typographe	[illegible]	[illegible]	[illegible]
Lebreton-Talber	Foire aux nichons (La) d	[illegible]	[illegible]	[illegible]
Pradels-Quinel	Fosse aux ours (La)	[illegible]	[illegible]	[illegible]
Lemonnier	Françoise les bas bleus	troupe		[illegible]
Moreau-Soudant	Francs-tireurs de l'amour (Les)	troupe		[illegible]
Lebreton-Buissier	Frangine (La) d	[illegible]	[illegible]	[illegible]
Lévy-Merset	Fantrognon d	[illegible]	[illegible]	[illegible]
Lebreton-Moreau	Frère de lait (La)	[illegible]	[illegible]	[illegible]
Carin-Tomy	Fripers and Co d	[illegible]	[illegible]	[illegible]
Lebreton-Moreau	Friquet d	[illegible]	[illegible]	[illegible]
Sieutal	Furet (Le)	[illegible]	[illegible]	[illegible]
Moreau-Touzé	Gai gai mariez vous !	[illegible]	[illegible]	[illegible]
Moreau-Darsay	Gaîtés du bastion (Les)	[illegible]	[illegible]	[illegible]
L. Bouret et Armal	Garçonnière de Dulocard (La)	[illegible]	[illegible]	[illegible]
Seraine	Garde champêtre de Corneville (Le)	[illegible]	[illegible]	[illegible]
L. Dottin	Gendre de M. Duplantoir (Le)	[illegible]	[illegible]	[illegible]
Lebreton-St-Paul	Gontran se marie	[illegible]	[illegible]	[illegible]
B. Lebreton-Soudant	Gosse (La)	[illegible]	[illegible]	[illegible]
Froyez-Colias	Grand Duc Moleskine (Le) d	[illegible]	[illegible]	[illegible]
Lefort	Grand papa de la chanson (Le) d	[illegible]	[illegible]	[illegible]
Rose-fils et Ryves	Greffeur (Le)	[illegible]	[illegible]	[illegible]
Lebreton-Blairat	Grenouille (La) d	[illegible]	[illegible]	[illegible]
Harvo-Merki	Grève des Boulangers (La)	[illegible]	[illegible]	[illegible]
Moreau-Marcus	Grève des facteurs (La)	[illegible]	[illegible]	[illegible]
M. Brisac	Guerre aux hommes (La) d	[illegible]	[illegible]	[illegible]
Lebreton-Nicolaie	Gueule d'Or d	[illegible]	[illegible]	[illegible]
Lebreton-Moreau	Héritière des Carapata (L') d	[illegible]	[illegible]	[illegible]
De Marsan	Heureux gagnant (L')	[illegible]	[illegible]	[illegible]
L. Roland-A. de Lorde	Hermance a de la vertu (vaud.) d	[illegible]	[illegible]	[illegible]
Villebichot	Hirondelles de la rue (Les)	[illegible]	[illegible]	[illegible]
L. Bouvet et B. Arnhal	Homme du Parc Monceau (Le)	[illegible]	[illegible]	[illegible]
Rose fils	Homme exploitable (L')	[illegible]	[illegible]	[illegible]
Lebreton-Blairat	Homme pâle (L') d	[illegible]	[illegible]	[illegible]
Lebreton-Duroc	Hôtel d'Artistes d	troupe		[illegible]
Lebreton-Duroc	Hôtel de Noblepanne	[illegible]	[illegible]	[illegible]
St-Paul-Rose fils	Hôtel des Fantômes (L')	[illegible]	[illegible]	[illegible]
Darantière et Bouvet	Hôtel du lac bleu (L') d	[illegible]	[illegible]	[illegible]
Dourel-Raydel-Joel	Hôtel modèle D	[illegible]	[illegible]	[illegible]
B. Barbé de Yaramau	Huissier des bons jours (L')	[illegible]	[illegible]	[illegible]
Antigeon-Dourel	Hypnotiseur malgré lui (L') d	[illegible]	[illegible]	[illegible]
Mize-Bernède	Idées de M. Colon (Les) d	[illegible]	[illegible]	[illegible]
C. Roland	Il était une fois d	[illegible]	[illegible]	[illegible]
Bessière-De Noter	Ile de Nénuphar (L')	[illegible]	[illegible]	[illegible]
Briollet et Tinant	Ile Jaune (L')	[illegible]	[illegible]	[illegible]
De Lannoy et Lions	Indispensable (L')	[illegible]	[illegible]	[illegible]
Briollet et Arnould	Invalide à la tête de bois (L')	[illegible]	[illegible]	[illegible]
B. Lebreton et Blairat	Invalides du Mariage (Les) d	[illegible]	[illegible]	[illegible]
Moniot	Jacotte	[illegible]	[illegible]	[illegible]
Liger-Aubrun	J'ai perdu Virginie	[illegible]	[illegible]	[illegible]
Nargeot	Jeanne, Jeannette et Jeanneton	[illegible]	[illegible]	[illegible]
Michiels	Jelque et Trinne	[illegible]	[illegible]	[illegible]
St-Paul	J'en ai plein le dos	[illegible]	[illegible]	[illegible]
Lebreton-Soudant	J'épouse ma bonne d	[illegible]	[illegible]	[illegible]
A. Perronnet	Je reviens de Compiègne	[illegible]	[illegible]	[illegible]
Yvel	Jeune homme du tunnel (Le) d	[illegible]	[illegible]	[illegible]
Bernicat	Jeunesse de Béranger (La)	[illegible]	[illegible]	[illegible]
Lebreton-Moreau	Jocrisses du mariage (Les) d	troupe		[illegible]
B. Lebreton	Joies du divorce (Les) d	troupe		[illegible]
L. Collin	Journée aux soufflets (La)	[illegible]	[illegible]	[illegible]
J. Férol	Jteu de sorts (Le)	[illegible]	[illegible]	[illegible]
François-Darys	Julss d	[illegible]	[illegible]	[illegible]
Harpin	Ki-Ki-Ri-Ki d	troupe		[illegible]
Soudant	L'Âchée	[illegible]	[illegible]	[illegible]
De Marsan	L'habillé art de logemen	[illegible]	[illegible]	[illegible]
Desormes	Leçon de musique (La)	[illegible]	[illegible]	[illegible]
J. Clérice	Léda d	[illegible]	[illegible]	[illegible]
St-Paul	Leroy l'amuse	[illegible]	[illegible]	[illegible]
A. de Lorde	Lettre (La) d	[illegible]	[illegible]	[illegible]
Cazeneuve	Lorldupal (La) d	troupe		[illegible]
Barbé	Loup et l'Agneau (Le) d	[illegible]	[illegible]	[illegible]
Varneuil	Loupiot (Le)	[illegible]	[illegible]	[illegible]
Herpin	Lune de Miel (La) d	[illegible]	[illegible]	[illegible]
Moreau-Gramet	Ma Coloniale	[illegible]	[illegible]	[illegible]
Clairville fils	Madame à barrière d	[illegible]	[illegible]	[illegible]
Waght	Madame la dragon	[illegible]	[illegible]	[illegible]
H. Lacroix-H. Blondeau	Madame Mephisto	[illegible]	[illegible]	[illegible]
Tauzin-Leluc-Hervé	Madame Tabarau	[illegible]	[illegible]	[illegible]
Lebreton-St-Paul	Mademoiselle le Docteur	[illegible]	[illegible]	[illegible]
V. Roger	Mademoiselle Loulou	[illegible]	[illegible]	[illegible]
L. Fleve-F. Pique	Magloue (La) d	[illegible]	[illegible]	[illegible]
Apostola-Marinier	Maire et Maveur	[illegible]	[illegible]	[illegible]
Lemonnier-Soudant	Maître d'ami	[illegible]	[illegible]	[illegible]
Palex	Maître Dieu	[illegible]	[illegible]	[illegible]
Levavasseur	Major Bridoun d	[illegible]	[illegible]	[illegible]

AUTEURS	TITRES DES ŒUVRES	Hommes	Femmes	Prix nets
Bouvet	Major Purjotin (Le)	4	3	loc.
Meyne-Jacoutot	Mamzelle Claudinette d	8	2	loc.
Par Nemo-Celval	Mamzelle Culot	troupe	»	loc.
De Lajarte	Mam'zelle Pénélope d	3	1	7 »
De Champeaux-Jacquin	Mam'zelle Phryné	3	1	loc.
François	Mandat (Le) d	7	3	loc.
De Lorde-C. Roland	Ma Négresse d	1	2	loc.
L. Bouvet et Doitin	Mannequin (Le)	3	2	loc.
Jan Pierre et Morelo	Manœuvre électorale	3	2	loc.
H. Moreau	Marchande de choux-fleurs (La) d	7	6	loc.
Jouhand	Mariages riches	1	1	3 »
Moniot	Marianne et Jeannot d	1	2	8 »
Tollet-Frot	Marié sans l'être	4	»	3 »
Moreau-Duroc	Maris jaloux (Les)	5	2	loc.
Simlot	Mariés de Nanterre (Les)	1	2	4 »
Beissier-Sciama	Mars et Vénus	3	2	loc.
Millou	Matinée du Prince (La)	4	5	loc.
Moreau-Boucherat	Médjidié (Le)	3	4	loc.
Gresset-Bernard	Méfiez-vous d'Oscar d	3	2	loc.
E. André	Melon (Le) (monologue saynète)	1	2	2 »
De Marsan	Ménage Blésimard (Le)	3	2	loc.
Moreau-Darsay	Ménage Poire (Le)	2	2	loc.
Désormes	Menu de Georgette (Le)	3	2	8 »
Ch. Gabet	Mérite des femmes (Le) d	4	4	loc.
Soudant-Moreau	Mimi Vadrouille	troupe	»	loc.
F. Achard et P. de Pitray	Minuit et demi d	1	1	loc.
Lebreton-Moreau	Miss Kiss my d	5	5	loc.
Beissier	Miss Million d	troupe	»	loc.
Mayrargue	Modern Styl	2	2	loc.
Beissier-Moreau	Môme aux Camélias (La) d	troupe	»	loc.
Besnière-Ruffier	Môme aux grands yeux (La) d	8	8	loc.
Chassaigne	Monsieur Auguste d	4	1	5 »
De Marsan	Monsieur Babolin	3	2	loc.
De Marsan	Monsieur de chez Maxim's (Le)	3	3	loc.
Paul Vallès	Monsieur Dutrognon	4	1	loc.
E. Bessière	Monsieur l'Inspecteur	2	4	loc.
Garnier-Vallès	Monsieur ma belle-mère	2	3	loc.
L. Rivaux	Monsieur Polémolle	2	2	loc.
Lebreton-Moreau	Monsieur Sans Gêne d	troupe	»	loc.
G. Fortin A. Doyen	Mort vivant (Le) d	»	»	5 »
Blairal-Reutillet	Mouche (La) d	5	7	loc.
Moreau-Touré	Mouche du Coche (La)	4	2	loc.
Fariot, Chanteclair-Cuvelard	Moulin d'Amour (Le) d	5	3	8 »
Joly	Myope et presbyte d	1	1	4 »
Désormes	Nègre de la Porte St-Denis (Le)	8	3	3 »
L. Dottin et G. Touzé	Nègre pour rire	3	2	loc.
Dorfeuil-Moreau	Nez de Cyrano (Le) d	troupe	»	loc.
E. Lhuillier	Nez enchanté (Le)	1	1	3 »
Lebreton-Blairat	Ninie la Rouquine d	5	8	loc.
Herpin	Noce à Grospoulot (La)	5	7	loc.
F. Barbier	Noce à Suzon (La)	1	1	4 »
E. Beissière-Noter	Noces de Lambiston (Les)	5	2	loc.
L. Collin	Noces d'or (Les)	2	1	5 »
Sachs-Damiens-Neuzillet	Nombrikains 1er D	5	7	loc.
Moreau-Rivaux	Nommé Faluche (Le)	1	2	loc.
De Marsan	Non Lieu d	3	»	loc.
Bouvet-Derantière	Nos bons touristes d	5	4	loc.
Lebreton-Beissier	Nos Marsouins en Chine d	7	4	loc.
Moreau-Gramet	Nos petites Chattes	3	3	loc.
Dorfeuil-Guillemaud-Duharnois	Nos pioupious d	6	4	loc.
Lebreton-Moreau	Nos voisins d	6	6	loc.
V. Roger	Nourrice de Montfermeil (La)	2	3	6 »
Ch. Gabet	Nouvel Achille (Le) (vaud.) d	5	1	loc.
Touré-Prud'homme	Nuit de Noces de Beauflanchet	6	4	loc.
Jacobi	Nuit du 15 octobre (La) d	3	1	6 »
Rose père	Omelette au lard (L')	4	2	loc.
Dédé fils	Oncle et Neveu	3	»	3 »
Louis Bouvet	Oncle Maboulin (L')	4	4	loc.
Marc-Sonal-Gréhou	On demande des jolies femmes d	6	11	loc.
St. Paul	On parle Anglais	5	6	loc.
Bessière-Ruffier	Ordonnance Bezuchet (L')	2	2	loc.
St-Paul-G. Rose, fils	Ordonnance malgré lui	3	2	loc.
Berthelot-Roland	Othello chez Thaïs d	4	10	loc.
Pacra-Emmecé	Où est le père	8	4	loc.
Dufils	Paille et la Poutre (La)	»	2	6 »
Boulay-Layrice	Palmé D	4	5	loc.
Billemont	Pantalon de Casimir (Le) d	1	1	6 »
A. Petit	Par autorité de Justice d	7	9	loc.
L. Rivaux	Parachute (Le)	8	2	loc.
Dorfeuil-Moreau	Paris aux Courses d	troupe	»	loc.
Febvre-Gréhon	Paris sans tailleurs	7	7	loc.
F. Barbier	Par la fenêtre	1	1	4 »
Lambert-Lebreton	Par la Gymnastique d	2	2	loc.
Henry Moreau	Partie de Campagne d	troupe	»	loc.
Ed. Lhuillier	Pasquinette	1	1	4 »
Bénédite-Jancourt	Pays Vierge (le) d	8	4	loc.
De Marsan	Peau Neuve d	3	3	loc.
Rose, fils	Peintre de talent	2	3	loc.
Moreau-Darsay	Pension Carabin (La)	5	4	loc.
L. Bouvet	Pensionnat St-Amour (Le)	4	4	loc.
Albert Lambert	Père Suroit (Le) d	3	1	loc.
Offenbach-Roques	Péri-Colle (Parodie de Périchole)	2	1	2.50
Lebreton-St-Paul	Péril jaune (Le)	2	2	loc.
Perrault-Maty	Perruche de ma femme (La) d	2	3	loc.
Tréblat-St-Cyr	Personne	2	1	loc.
Bouvet-Schmoll	Petit Assommoir (Le) d	6	6	loc.
B. Lebreton	Petit factionnaire (Le)	4	3	loc.
L. Collin	Petit Spahi (Le)	3	3	5 »
Lebreton-Moreau	Petite baronne (La) d	6	9	loc.
Linas	P'tite bête vit encore (La) d	1	1	4 »
Moreau-St. Cyr	Petite Carmen (La) d	9	10	loc.
Lebreton-Moreau	Petite colonelle (La) d	7	3	loc.
Gribinski	Petite Étoile	3	2	loc.
L. Bouvet-St-Paul	Petite Fifi (La)	3	3	loc.
Lebreton-Moreau	Petites Ménichons (Les) d	troupe	9	loc.
A. Petit	Petits lapins (Les) d	»	9	loc.
Maurey et Jimbu	Petits Trottins (Les) d	4	6	loc.
Lebreton-Moreau	Petits Zouzous (Les)	troupe	9	loc.
J. Clérice	Phrynette d	2	2	5 »
Celval-Tancrède-Gibard	Pichard d	3	2	loc.
André	Pivotin (Le)	1	»	2 »
Lebreton-Beissier	Piston de Clémentine (Le)	3	2	loc.
Schmoll	Pitou	3	2	loc.
H. Alavoine	Plumechat et Cie d	4	6	loc.
H. Barbé	Plus que 1089 jours	3	1	loc.
F. Barbier	Points jaunes (Les)	1	1	5 »
Benfossez-Piccolini	Pommes d'amour (Les)	6	4	loc.
Cinoh-Verdellet	Pompier d'Endoume (Le)	troupe	»	loc.
Gresset-Bernard-Leforey	Pompier d'Ernestine (Le) d	2	2	loc.
Antigeon-Dourel	Poste restante 222 d	4	1	loc.
F. Barbier	Poupée automate (La)	1	3	5 »
St-Paul-G. Rose fils	Pour avoir la fille	4	3	loc.
Fay	Pour qui le gosse ?	2	1	loc.
Lebreton-St-Paul	Pour qui volait-on ?	4	2	loc.
A. Lambert	Première brouille (La) comédie	»	1	loc.
Couturat	Premières amours d	1	1	loc.
F. Barbier	Premières armes de Parny (Les)	1	3	5 »
G. Rose fils-H. Ryvez	Prestige de l'uniforme (Le)	4	2	loc.
Moreau	Professeur de chant (Le)	1	2	3 »
De Ste-Croix	Pygmalion d	1	1	loc.
Lebreton	Quatre hommes et un Caporal	5	»	loc.
Garnier-Héros	Queue du Diable (La) d	troupe	»	loc.
Delilia-Héros	Qui va à la Chasse	1	1	loc.
L. Collin	Qui se dispute s'adore	1	1	3 »
Ch. Lecocq	Rajah de Mysore d	troupe	»	8 »
Villebichot	Réponse du Berger (La)	1	1	loc.
Millou	Repos du dimanche (Le) d	2	1	loc.
Moche	Retour de Colombine (Le)	2	1	loc.
Jacoutot	Retour de Kerdrec (Le)	2	1	4 »
Meugé	Retour de Margotte (Le)	1	1	4 »
L. Collin	Retour de Musette	1	1	4 »
Antigeon-Dourel	Revanche de Verluisant (La) d	5	2	loc.
De Marsan	Revenant de la rue de la Pompe (Le)	5	3	loc.
Antigeon-Dourel-Roydel	Revenants (Les) d	3	3	loc.
Marselle-A. de Lorde	Rêves d'un soir	1	1	loc.
Lebreton	Revue à l'envers (La)	4	4	loc.
St-Paul	Revue interdite	3	2	loc.
Guillemand	Rien des Agences d	3	2	loc.
Lhuillier	Risette	1	1	1 »
Ch. Thony	Robes et Manteaux d	5	9	loc.
F. Chaudoir	Roi Claquette (Le) d	3	»	6 »
Yvel et Briollet	Roi Koku (Le)	troupe	»	loc.
Désormes	Roland furieux	3	1	5 »
L. Désormes	Romance impossible (La)	2	3	loc.
Buénach	Rosière de Valentino (La) d	2	1	loc.
Michiels	Rosière d'Interlaken (La)	1	1	4 »
Ch. Gabet	Ruy Black (v.) d	7	6	loc.
Claments	Saint-Yvon (La) d	2	1	5 »
L. Rivaux	Sacré jour de l'an	6	3	loc.
L. Bouvet-G. Arribat	Sacré Jules	2	2	loc.
Briollet-Tinant	Sacré Vermillon	3	2	loc.
L. Dottin	Sauvage malgré lui	3	2	loc.
Ch. Lecocq	Sauvons la caisse d	1	1	6 »
Mistral-Febvre-Bonnamy	Septième Escouade (Les) d	8	7	loc.
Dérantière-Bouvet	Sergent Sans-Souci (Le) d	6	6	loc.

AUTEURS	TITRES DES ŒUVRES	Hommes	Femm.	Prix nets
R. Planquette	Serment de Mme Grégoire (Le)	1	1	3 »
Lebreton-Soudant	Serment du marin (Le)	4	2	loc.
Lebreton-Moreau	Signe de Léda (Le) d	8	8	loc.
Ouvier	Simone et Boquillon	2	1	5 »
Lebreton-St-Paul	Singeries de l'Amour (Les)	5	5	loc.
Marc Sonal-H. Moreau	Six filles d'Abélard (Les) d	7	7	loc.
Lebreton-Duroc	Soir de Noce d	4	4	3 »
R. Bullières-Malfait	Soirée bourgeoise	2	2	loc.
Leserre	Soirée d'amateurs (pochade)	5	»	loc.
Lebreton-Moreau	Soldat !	5	5	loc.
H. Gilbert	Son Amant	2	1	loc.
Bernard-Gresset	Souffleur par amour d	3	1	loc.
Meyan	Soupir du cœur	3	2	»
Briollet-Tinant	Source merveilleuse (La)	4	2	loc.
Damaré-P. Laurey	Sous-Préfet de Pézenas (Le)	4	2	loc.
Ch. Malo	Souviens-toi de Clémentine	4	1	»
Moreau-Darsay	Spiritisme des Familles	4	4	loc.
Tac-Coen	Suzette, Suzanne et Suzon	1	8	loc.
C. Roland et P. Berthelot	Symphonie en Jaune mineur d	1	1	loc.
A. Mesnil	T'amuses-tu Pingot	6	»	loc.
Levavasseur	Tante d'Amérique (La)	3	3	loc.
C. Roland	Ta pomme, Páris	8	10	loc.
Wachs	Tata chez Toto	3	»	»
Lempereur et Primard	Témoin (Le) d	3	1	loc.
Lambert-Lebreton	Terre-Neuve d	4	5	loc.
Saint-Paul et Rose fils	Terrible affaire	3	2	loc.
Marc Sonal	Théophile	2	1	loc.
R. Lebreton-E. Blairat	Tisane des Boërs (La)	4	2	loc.
Chassaigne	Toc	2	2	loc.
Hervé	Toinette et son carabinier	2	1	»
Brasier-de Gorsse	Tonton d	3	3	6 »
Blanchard de la Bretesche	Toréro de Lolotte (Le)	5	5	loc.
A. Guillemaud	Toto la Rincette	5	»	loc.
Wachs	Totor et Titine	1	1	loc.
Hubans	Tour de Moulinet (Le) d	2	»	8 »
Bouvet-Febvre	Tournée Cabotin (La)	3	3	loc.
Cartier	Train des Maris (Le)	2	2	4 »
Moreau-Duroc	Tranquil'hôtel	5	4	4 »
Moreau-Darsay	Trente mille francs par an	2	2	loc.
Lebreton-Moreau	Treize jours d'un Parisien (Les) d	troupe	»	loc.
Lebreton-Moreau	Treizième spahis (Le) d	troupe	»	loc.
Ch. Gabet	Trésor des Dames d	2	1	loc.
Lebreton-Moreau	Trio de troupiers d	7	»	loc.
H. Gilbert	Triple alliance (La)	5	2	loc.
R. Lebreton-J. Lebreton	Trois Cousins (Les) d	5	»	loc.
Lebreton-Téramond	Trois Gosses (Les)	4	»	loc.
Bouvet	Trois hercules pour une femme	3	2	loc.
Bessière	Troisième du trois (La)	6	6	loc.
Lebreton-Moreau	Trois Maçons (Les) d	4	2	loc.
L. Bouvet et G. Arribat	Troublante énigme	3	3	loc.
Rose fils & Ryves	Trouvez un père	4	5	loc.
Gribinski	Truc au trottin (Le)	4	3	loc.
Guillemaud-de Marsan	Truc de Binochet (Le)	3	2	loc.
Lambert-Lebreton	Truc du Pharmacien (Le)	4	1	loc.
L. David	Tu l'as voulu d	3	»	6 »
Héros-Jost	Tziganes dans les Ménages (La) d	troupe	»	»
Javelot	Un amour d'épicier	2	1	»
Bessière	Un attentat au bois	2	2	loc.
P. Lefaure	Un beau-père criminel	3	2	loc.
Cardet-Lannoy	Un bon ami	2	1	loc.
D. Fay	Un bon tuyau	9	4	loc.
P. Henrion	Un charcutier dans les fers	1	»	»
De Marsan	Un client pas sérieux	4	3	loc.
Chassaigne	Un Coq en jupons	1	4	»
Banès	Un do malade	2	1	5 »
Wachs	Un domestique pour rire	1	1	»
Moreau-Gramet	Un dragon pour deux	3	2	1 »

AUTEURS	TITRES DES ŒUVRES	Hommes	Femm.	Prix nets
L. Roy	Un épicier peu commode	4	2	loc.
J. Laurens	Un futur sur le gril	2	1	»
Ch. Malo	Un gendre à poigne	2	2	5 »
H. Levavasseur	Un grand criminel	2	1	loc.
Pericaud	Un hercule qui ne veut pas se rouiller	2	1	4 »
St Paul	Un jour d'audace	4	2	loc.
Jambillard	Un mariage à la force du poignet	1	»	3 »
Ch. Malo	Un mariage au flageolet	1	1	3 »
Dauphin	Un mariage en Chine d	4	1	6 »
F. Bernicat	Un mari à l'essai	1	1	4 »
Pericaud	Un mari en grande vitesse	3	1	»
Moreau-R. Parault	Un mari somnambule	2	2	loc.
L. Collin	Un mauvais conscrit	2	1	4 »
Blanchard de la Bretesche	Un mois de clou d	3	2	loc.
R. Lebreton-St-Paul	Un Oncle pour deux	3	2	loc.
Chassaigne	Un 1er jour de ménage	1	1	1 »
Mayrargue	Un Sauvetage	2	3	loc.
F. Barbier	Un souper chez Mlle Contat	3	2	»
Bernicat	Une aventure de la Clairon	2	2	»
Lebreton-Blairat	Une Consultation d	4	3	loc.
Garnier-Vallès	Une Corbeille de Noce	5	3	loc.
E. André	Une drôle de Marquise	2	1	»
Claments	Une étoile d'antichambre d	2	1	»
Jouhaud	Une femme du quart de monde	2	1	»
Villebichot	Une femme qui bégaie d	3	2	»
L. Roques	Une femme tombée du Ciel	1	1	»
Villebichot	Une fille à trucs	3	1	»
Liouville	Une fille en loterie	2	1	»
Touzé-Moujardin	Une intrigue chez les Mouchamiel	2	1	loc.
Desormes	Une lune de miel normande	1	4	»
L. Collin	Une mariée sans mari	1	1	4 »
Ed. Lhuillier	Une marine à la vapeur	1	1	3 »
Desormes	Une mauvaise connaissance	3	2	3 »
Moreau-Darsay	Une mauvaise nuit	2	2	loc.
Moreau-Dorfeuil	Une nuit de Paris d	troupe	»	loc.
Bouvet-G. H.	Une nuit chez les Grafouillot d	4	3	loc.
Duhem	Une partie à Robinson	2	2	1 »
L. Martin	Une partie de pêche	5	4	loc.
Wachs	Une pleine eau à Chatou	2	1	4 »
Bernicat	Une poule mouillée	1	1	4 »
Lebreton-St-Paul	Une Rosserie	2	2	loc.
De Paniagua	Une sale Histoire d	9	2	loc.
Chassaigne	Une table de café	2	2	»
Robillard	Une tempête conjugale	1	1	4 »
Liger-Aubrun	Urticaire (L')	4	1	loc.
Clabrekoru-Latourette	Vache à Palu (La) d	4	1	loc.
R. Planquette	Valet de cœur (Le)	1	1	4 »
St-Paul	Vase de Soissons (Le)	3	2	loc.
J. Walter	Végétariens (Les) d	7	2	loc.
Robillard	Vengeance de Ramolli (La)	2	1	4 »
L. Roques	Vénus infidèle (Retour de mari) d	4	2	4 »
Autigeon	Vie de garçon (La) d	6	16	loc.
Lebreton-Moreau	Vierges du chahut (Les) d	5	0	loc.
Bouvet-Arribat	Vieux, le Melon et le Rat (Le)	4	3	loc.
Moreau	Villa des Gaffes (La) d	6	6	loc.
Lebreton-St-Paul	Vingt-cinq minutes d'arrêt	2	2	loc.
Burani-Planquette	Vingt-huit jours de Champignolette d	6	4	loc.
Vallès-Talber	Vingt-huit jours de Gorenflot (Les)	7	3	loc.
Ratcée-Bordeaux	Vive la Classe d	6	8	loc.
Normand-Vallès	Vive les Bleus	7	4	loc.
Lebreton-Moreau	Vocation d'Isoline (La)	1	2	5 »
Jacobi	Voilà l'plaisir, mesdames	1	1	4 »
Ch. Hubans	Voiture à vendre d	2	»	4 »
Lebreton-Moreau	Volontaire de 92 (Le) d	7	2	4 »
Tac-Coen	Volontaire et vivandière	1	1	4 »
P. Talber-Delattre	Volupté des dames (La)	4	3	loc.
Guy-Nory-Marius	Zidore d	6	7	loc.

Livrets d'opérettes et de vaudevilles, net : 1 franc.

Vannes. — Imp. LAFOLYE frères

9 782019 931223